행복시선 002

자시와
축시
사이

행복시선 002

자시와 축시 사이

초판 1쇄 발행 2014년 4월 1일

지 은 이 최우진
발 행 인 권선복
편   집 김정웅
디 자 인 최새롬
마 케 팅 서선교
발 행 처 도서출판 행복에너지
출판등록 제315-2011-000035호
주   소 (157-010) 서울특별시 강서구 화곡로 232
전   화 0505-613-6133
팩   스 0303-0799-1560
홈페이지 www.happybook.or.kr
이 메 일 ksbdata@daum.net

값 10,000원
ISBN 979-11-5602-045-5   03810

Copyright ⓒ 최우진, 2014

자시와
축시
사이

최우진 시집

도서
출판 **행복에너지**

촌놈

이광일 (전남도의원)

지게 목 두들기며 뒷산 오르던
그 촌놈
늙은 황소를 지게에 태우며
어허야~~ 어허야~~

백운산 기슭
어머니 품에 안겨
황소의 배웅 받으며
살갑게
반갑게
뒤돌아보다가
그제야 큰 사랑을 배웠나

어허야~~ 어허야~~

가자 가자 바삐 가자
낯익은 이 바람

초대글

걷어 올린 팔뚝에
흥건한 등짝에
잔뜩 서려 오면

어허야 어허야

인지상정

박한주(동아일보 부장)

사람을 기억하는 아침이 되어라
그 아침을 남겨라

이날이 아파도
마음이라는
실타래

고운 빛으로
가득 사람이 되리라

낯선 그리움이라도
정겨운 오늘
한참 비가 되어라

분주한 사람들만큼
저 자취 하나에
생을 기억하는

내일이 있음을 알리라

너 때문에

이창훈

내게 있는 소중한 것이
너라면 좋겠어

사랑이 예뻐서
그 마음이 어려서
잠시 그리울
그 기억들 속에

네게 있는 소중한 것이
너라면
난 참 좋아

지금 이 밤이 나를
가두어 슬프게 하여도
참 작은 행복이라잖아

마음이 따뜻해

애써 푸근해

사랑이 사랑을 알잖아

내 작은 기억 속에
서현이

귀엽게
사랑스럽게
너는 나의 인연
내게 찾아온 행복

사랑해
사랑해

마음으로

무명無名

그리움이라 님이시네
사랑하기에 흠모함이니
애써 간절함이요
절묘함이 가득
어우러져 함께
참다운 마음 빛

빛나기에 아름답고
향기를 품은 듯
늘 그리운 나의 님

오늘도 소녀에게로
사랑스런 여인에게로
다가서는 이 길
님의 다정한 숨결
조용히 거두며 걸어가네요

초대글

사랑을 외치다

무명無名

모두가 함께하는
이 세상 평등심이요
온 누리 활짝
꽃 둥지인걸요

세상이 호흡하면
나의 심장은
낯선 사랑을 찾고

어어쁜 여인의
고운 자태는
노란 병아리처럼
물 한 모금에
정겨운 그리움

하늘 가까이 와르르
다솜이 내리면
님은 그제야 평화를 찾는다

| 차례 |

초대글 · 4

제1부 연애

하루살이의 꿈 · 19

허수아비 · 20

네 잎 클로버 · 22

동행 · 24

사랑은 갈잎 같은 것 · 26

가시나무새 · 28

동상이몽 · 30

해바라기 · 32

만병통치약 · 34

가면무도회 · 36

꽃을 든 남자 · 38

제 눈에 안경 · 40

이별하는 사랑이 있네 · 42

안녕 · 44

외톨이 · 46

제2부 인생

내리 사랑 · 51

프로축구 한일전 · 54

하류 인생 · 56

송년회 · 58

병든 아내에게 보내는 편지 1 · 60

병든 아내에게 보내는 편지 2 · 62

아름다운 여정 · 64

어느 조각가의 생애 · 66

인생이란 1 · 68

인생이란 2 · 70

하루살이 1 · 71

산골 소년의 사랑 · 72

금강에 살리라 · 74

아버지 · 76

新 부자유친 · 78

어부의 딸 · 80

망부석 · 82

망향가 · 84

세상을 걷는 걸음걸이 · 87

늦은 산책 · 88

거울 속의 그님 · 90

하얀 민들레 · 91

제3부 존재

자시와 축시 사이 · 95

살풀이 · 96

담배 한 개비 · 98

사물의 이치 · 100

외톨이 · 102

하얀 겨울 · 104

서울 나들이 · 106

겨울 자목련 · 108

농촌의 정경 · 110

소낙비 · 112

천재일우 · 114

나비가 되기까지 · 117

무궁화 꽃이 피었습니다 · 118

꿈처럼 살아온 삶 · 120

승천하는 신선 · 122

하루살이 2 · 124

나비의 고향 · 126

자화상 · 128

향일암 일출 · 130

배반의 시간들 · 131

폭풍전야 · 132

소나기 · 134

어느 위선자의 행복 · 136

바람을 선물하리라 · 138

영취산 진달래 1 · 140

영취산 진달래 2 · 141

제4부 믿음

사랑은 오랜 비처럼 · 145

저의 장막 거두어 주소서 · 146

주님을 닮기엔 · 148

주의 이름으로 1 · 150

늘 기억하게 하소서 · 152

주의 이름으로 2 · 154

제1부
연애

하루살이의 꿈

그대 내게 와
내 모든 날이 되어줘요

사랑이어도
굳이 아니어도
내 모든 날이 되어줘요

따스한 햇볕
저 태양 속에
투신하던 저 구름들처럼
그대 내 모든 날이 되어줘요

함께 아침을 먹다가
불현듯 생각나는 하루

그대의 모든 날이 되어
조금 조금씩 다가설 테니

허수아비

시속 80km로
끝내 봄은 오나 봐
삼거리 좌측
우두커니 당신인가 봐
먼 산 보듯 그대인가 봐

흥국사역 앞
모퉁이 숨죽인 꽃들
속삭이듯 반가운
그 사연들 찾아와
멀리멀리
참 따사로운 이날

봄은 오나 봐
터진 가슴에
서툰 사랑이 찾아왔을 때
아마도 속도위반
불법 정차는 아니었겠죠

내 품에서 사그라지듯
여민 옷깃에서
차가운 듯
찾아온 그 봄
내 시선 피하다
그거 그렇게 돌아서는
그대가 참 얄밉다.

네 잎 클로버

하얀 가을 옮겨 놓았나
강아지의 깃털 담아
광주리 한 가득 지고 오르면
담배연기 같은
짙은 봄내음이
홀로 쑥 캐러 오는
이 아가씨를
남몰래 유혹하나 봐

청명한 들녘에서
한가로이 누워 잠자는
젊은 연인들에게
홀로 이렇듯 다가서는 나비
아마도 감질나게 수줍어 하는
그 미소 때문이었나 봐요

사뿐사뿐
천천히 거니는
그 발걸음 사이에

너무 안타까운
사랑들은
훗날 이뤄지길 원하여
네 잎 클로버를 남기고……

아릿한 네 잎 클로버
농부들은 비 피하여
동굴 속에 은둔하였는지
산모가 아이를 출산하듯이
저 깊은 고랑으로
몰래몰래 빠져드는
그 아가씨의 웃저고리에
피범벅이 되어
다가서는 노을처럼
짙은 봄내음 같은
그 사랑 속에
천천히 천천히 녹아들기를.

동행

오늘 하루도
너의 전부였으면 해
이날이 있어
환하게 웃는 너의
그 모습
기억하잖아

사랑하니까
괜찮아
정다운 연인들이 걷는 이 길
너와 팔짱을 끼고

먼 훗날

기억하길 바라
영영 잊지 않을
소중한 추억 속에
나를

잊지 않기를 원해
사랑이라는
그 작은 그리움까지도
모두 다 너에게 줄게

너 그냥 따라오기만 해

사랑은 갈잎 같은 것

사랑은
안경 쓴 나무에게
부러진 가지 주워다
撒布 올려놓는 것

기름진 논두렁으로
두 다리 쭉 뻗고
돌아누운 저 사내
어떤 죄인이었다던가

꽁꽁 묶인 동아줄에
흰 살점 무수히 떨어져
옷조차 맞지 않아
허수아비 그리다가
참새를 부르다가 울고 맙니다

사랑은 저 나무가 주는
갈잎 같은 것
따스한 커피 한 잔도

우산 받쳐 줄 연인도 없이
늘 혼자서 담벼락에 기대어
주렁주렁 연신 눈물만 흘려
참으로 가엾은…….

가시나무새

이 마음 당신을 그리네요
아픈 내 사랑
당신을 찾아가네요

오늘은 기다려볼까요
언제쯤이면
그대일까요

사랑이 되어 오시면
정말 좋겠어요

이날이 당신을 찾는데
혹시나 다른 사랑 있을까 봐
선뜻 다가설 수 없는데

저 어떡하죠
그 마음을 찾아가다가
아름다운 인연처럼
이날을 기억하고

먼 훗날

사랑할 수 있으니
좋아

사랑할 수 있는 세상이라
좋아

동상이몽

하루하루
널 사랑하는 오늘이 기뻐
피곤하기만 한 아침이지만
잠에서 깨는 순간
널 떠올리며 맞이하는
이날이 너무 좋아

저녁 늦게 돌아오다
얼큰하게 한잔하고
빈 집에 들어서는 발걸음이
때로는 너무 초라해

네가 있었으면 좋겠어
현관문을 열고 들어설 때
너의 웃는 모습이
한가득이면 좋겠어

사랑이라면
인연이라면 더없이 좋겠어

마냥 꿈일지라도
오늘 하루 나의 당신이기를 바라

사랑해
수없이 만나는 그 사람들 중
특별한 나이길 바라
그대 눈 속에 잠긴
사랑이길 바라

해바라기

나에게로 와서
변치 않는 사랑이 되어줄래
못난 나에게로 와서
눈물이 되어줄래

그리움이 시작된 이곳에
네가 있으니 난 기뻐
오늘 하루도
어김없이 흡족한 마음이 담겨

고된 하루 일을 끝내고
더럽혀진 옷 세탁하는데
이것 만큼은 지워지지 않았으면
입가에 살짝 머금은
당신의 그 미소

나에게로 와
어여쁜 여인이 되어줄래
부족한 나에게로 와

내 눈물 닦아줄
큰 사랑이 되어줄래

만병통치약

아프지 말아요
누군가의 손길이
그리워서
찾아오는 아픔인데
당신 곁엔 제가 있잖아요

굳이 그리워하지 않아도 돼요
당신을 떠나지 않을 테니
오래도록 곁에서
당신의 힘이 되어줄게요

무엇 때문에 아픈가요
내가 떠날까 봐 걱정인가요
그래서 그런 거라면 안심해요
오늘 이 시간은
당신을 위한 거니까요

내 인생은
이제 당신의 것입니다

더 이상 아파하지 않아도 돼요
모든 사람에게 착하고
당신에게는
더더욱 착한 사람이 될게요

좋은 인연을 쌓아서
당신에게 더없는 행복을 줄게요
가치 있는 인생을 줄게요
끝 날까지 나만 믿어요
당신에게만 있는 남모를 아픔도
오랫동안 잊히지 않는
상처가 있다 해도
제가 모두 다 치유해 드릴게요

가면무도회

내 모든 사랑이 너를 기억해
작은 그리움조차도
이 추위를 견디기에
행복하다고 말해

그 표정 뒤에
가리어진 사랑을 위해
난 기다렸지
좋은 사람을

사랑은 내게 있어
떨림은 네게 있어
하루하루 살아가다가
널 보는 이 세상은
따스한 바람이 스쳐

사랑해요
말할 수 없을 만큼
그대 보고 싶지만

마음이 나와 다를까 봐

나를 사랑해 줘요
내 그리움은
이미 당신의 것인데도
왠지 몰라
두근거리는 이 마음들만
잔뜩 남겨 놓고 돌아서네요

꽃을 든 남자

하루를 움켜쥔 손에
싱그러운 꽃이 있고
어여쁜 꽃 한 송이
하루를 살아가고

그녀의 밝아진 모습일랑
내 흡족한 마음 같으니
그리움 속에 살다가
그만 죽어갈 꽃이지만
하루를 사는 것이
진실이었음이라

무엇이든 가질 수 있는
손에 꽃이 있고
맘껏 담을 수 있는
눈에는 그대가 있다

풀꽃이기는 하지만
이름이 있었고

초원의 들녘에서
피어나는 잡초일 뿐이지만
그대가 있어
진정 아름다웠노라

제 눈에 안경

사랑이 원하는 두 가지
내 발길 닿는 곳에
그대 있으니
난 기뻐

기꺼이 와서
사랑이 되어 줄래요
긴 그리움으로 남은
미련이 되어 줄래요

먼 훗날
그대 바라보며
잠들 수 있게
잊지 못할 선물
당신의 입술 기억할래요

그대 있는 오늘이 난 기뻐
이 사랑에서
아픔은 되지 말아요

인연의 슬픔은 되지 말아요

기꺼이 제 품에 안겨
사랑이 되어 주세요
긴 그리움에서 시작된
미련이 되어 주세요

이별하는 사랑이 있네

철없는 사과나무
그곳 아래 벤치에서는
이별하는 사랑이 있네
너무나 향기로운
사랑에서도
못내 아쉬워서
연분홍 꽃잎에 나부끼듯
저 멀리 떠나가네
당신의 고운 치맛자락
붙잡은 이 바람이
사귐 아래서 좋은 인연이라니
님에게로 다가서지 못하는데
이 사랑이 무슨 의미요

적적한
이 내 마음
영영 떠나보내었으니
벗이여
친구여

이리 오게나
사과나무 벤치에 앉아서
주고받는 이 술잔에
저기 주홍처럼 걸린
그리운 님 얼굴 한 번 보고
사랑에 사랑을 더하여
애증이 나부끼는 듯이
그대 고이 보내드리리다

안녕

바람이 분다
저 옷깃에 저민
따스한 햇빛이라면
누군가의 이야기가
그리울 것도 같은데

그대가 온다
가느다란 꽃향기에 실려
그저 인연이란다
어지러운 바람에
어쩜 좋아

82번 버스에
미더운 추억들이 담겨
소녀들의 그 마음을
가꾸던 속삭임이 정겹다

낡은 지갑 속에
애써 가득한 그리움이다

달빛이 차갑다
어쩐지 나를 아는 듯한 미소
그 미소가
나는 정말 좋다

저 속삭임이
나는 정말 좋다

외톨이

마음이 있다
저 어둠 속에
누구나 꿈꾸던 미련이 있다
돌아오던 길에
네가 있어 향기롭다

웅천을 넘어와
그러잖아
너 때문에
지긋이 미소를 보태면
그제야 사랑을 비워

늦은 술을 마시고
비틀대는 달빛이 그립다
어쩜 이리도 고울까
그저 아픔이라도 될까

저 멀리에
누군가 기억하던

달빛이 첫 여인을 품는다
마침 따뜻할까
오랫동안 지겨울까

하하하

제2부
인생

내리 사랑

애써 받기를 원하지 않으며
무한정 베푸는 사랑

그 어느 것 돌려주지 않아도
흐뭇하게 미소 지을 수 있는 사랑

남모르게 아픔이 찾아올 때
보이지 않는 곳에서
날 위해 기도해 줄 수 있는 사랑

그리고 내가 기뻐하는 것이라면
언제나 함께 기쁨을 찾아줄 수 있는 사랑

그 사랑만큼 고귀한 것이 또 있을까

많은 날 지치고 힘들 때
그 여인의 가슴은 따스함이 되고

고향 찾는 제비처럼

그 어느 순간
그리움의 어머니가 되니

함께였기에 느끼지 못했던 사랑
훗날 저 닮은 아이들로 인해
서서히 눈물 나게 하지

이들의 사랑은 영원하나
끝날 있음이 안타까울 뿐

부모가 자식을 버리는 일은
죄 중의 죄이나
그보다 더 큰 죄악은
자식이 부모를 버리는 것이니라

자식 사랑하는 부모의 마음은
세상을 아름답게 하고
부모 사랑하는 자식의 마음은
집안을 아름답게 하니

이 모두가 신이 인간에게 준
가장 큰 축복이니라.

프로축구 한일전

저녁 여섯 시
프로축구 한일전
아무나 이겨라
우리 동네 아저씨들
축구도 할 줄 모르면서
우리 편 골문이 열렸다 하면
어휴 저 바보 얼간이

저녁 여섯 시
대낮처럼 훤한데
어제 같으면
밖에서 얼큰하게
소주 한잔할 시간인데
왜 들어와서는
우리 편이 못한다고
저리도 열 내시는지

저녁 여섯 시
우리 동네 욕쟁이 아저씨들

축구도 할 줄 모르면서
자식들 앞에서
저러고 싶을까
그러면서 조기교육 시킨다고
설칠 때부터
버릇없는 아이 된다는데

하류 인생

서글픈 인생
힘들기만 하고
도저히 희망이 없을 것 같은
그런 삶일지라도

당신은 귀한 사람
이 세상 사는 것은
귀한 대접을 받기 위함인데

한 행동으로
여러 몸짓으로
그 인생을 헛되이 하는
그런 사람이
당신일 줄은

사랑이 필요한 세상
그 사랑 때문에 사는 세상
너와 내가 있다는 것이
오늘이 되기엔

아까운 것

이 안에
내 속에 사는 것이 욕심이라면
이도 저도 아닌 것에
얽매이는데

사랑은 귀하다
작고 초라한 아버지
그 사랑은 언젠가

미움처럼
자그마한 용서처럼
오늘을 사는 것이라면
비로소 그대 귀인이 되리라

송년회

한 해를 보내며
맥주 한잔하자고
모인 술자리
친목을 위하여
비워내는 술잔 끝으로
향일암 일출 보며
묵은 감정 떨궈내고
새해 소망 염원하니
모두의 바람이
이와 같으니라

다가오는 새해에도
가족들의 건강 지켜주시고
나와 인연을 맺은 사람들
원하는 바 얻기를
구두끈 동여매고
정상에 오르니
일출의 밝은 햇살
숙취 해소엔 그만이네

내일에 거는 희망만큼
아니 되어도 좋소
다만 내 마음에
풍요를 찾아야겠소
오늘 이렇게 맞이하는
일출은 인연의 끈이요
다가올 새해는 다를 것이라
나는 믿겠소

병든 아내에게 보내는 편지 1
- 어느 아저씨의 고백 -

그저 한가로이
정원을 산책하는 나비야
나의 아내가 있는
병실을 찾아가
봄이 왔노라 일러 주렴

아름다운 꽃 한 송이
꺾어다가 아파서 볼 수 없는
눈을 향해 향기가 되어 주렴
가슴을 잃었고
사랑의 추억마저도
마취되어 알지 못하는 나의 아내

이제야 봄이 왔노라고
산책하고 싶다 일러 주렴
사랑스러운 나의 아내
그에게서 나는
지워진 지 오래였으니

병약한 아내는
이젠 싫다 일러 주렴

사랑하는 나비야
철부지 응석에 울고 있는
나를 병실에 눕혔으니
너는 꽃을 꺾어다가
이슬을 실어다가
나의 아내가 잠든 방을
화사하게 꾸며 줄래

병든 아내에게 보내는 편지 2
- 추억 -

허락 없이 흘러내린
눈물은 내가 닦아줄게
행복했기 때문에
너 없는 세상을
그려 놓지 않았어

초라해져 가는
모습이라 해도
아름다울 수 있었잖아
사랑
그 이름 없는 순정이
단지 행복이었잖아

내 허락 없이
떠나지 마
멀리 있는 널
생각하기 싫어
너의 곁에 우진이가 있잖아

행복했던 그 시절 그리며
곁에 있어 줘

하늘도 무심하지
창문을 뚫고 들어오는
장대비가 겨우 잠들었던
아내를 흔들어 깨우더니
끝내 이 내 맘 울리고 돌아가네

아름다운 여정

화로 위에
군고구마가 익어갈 때쯤
옛날 할머니 이야기는
끝이 납니다

고운 참빗으로
곱게 빗은 머릿결
은비녀 꽂으시며
경대 위에 거울 한 번 보시고
훗날 할아버지 만나려
애써 꽃단장하시는지

고운 한복 즈려 입으시려나
손수 손빨래하시며
자식들 앞에서
추하지 않으려 노력하신 할머니
훗날 할아버지 만나시면
곱게 살아왔다 자랑하려는지

손수 고구마 껍질 벗겨
호호 불어
손주들 입에 넣어주시던 할머니

하지만 이제
그 화로 위엔
군고구마는 없고
얼음 동동 띄운
동치미도 옛맛

어느 조각가의 생애

아름다운 여자의
얼굴 위엔 부모가 있고
사랑스러운 아내의
얼굴은 남편의 몫이다

좋은 조건을
바라는 미모는
남편들의 수고스러움을
끝내 망각하고
거리를 나선다

사랑스러운 아내의
얼굴을 보여주는 거울처럼
곁에 있는 것만으론
그 아름다움 지켜주기가
이처럼 고단한데

굳이 예쁜 아내이길
바라는 것을 보면

고단한 삶을 살겠다고
다짐하는 것이 아닐까

인생이란 1

돛을 내려라
사나운 파도가
성을 내며
하루를 집어삼키니
사람들의 모습도
보이지 말거라

하얀 날개도 접어놓고
버려진 어선처럼
사나워진 파도가
지쳐 올 때까지
사람들아
갑판엔 나오지 마라

흘러가는 대로
버려 두며
지켜 보게나
진정 하루를 살겠소
사흘을 넘기겠소

조금 있으면
지나쳐 가지 않겠소

인생이란 2

한없이 부서지고도
고운 꽃망울 터트린
이슬처럼
빈랑檳榔을
차갑게 달려주려
하루를 기다렸다고

해거름 밭에 뿌려
눈부신 보석같이
때론 별 부스러기같이
뜨거워진 지면을
식히고저 돌이 되는 고야

농부의 지게
아무것도 없는데
지려하면 이처럼
무거운 것이 또 있으랴
세월을 담는 그릇인가
젊음을 빼앗는 지게인가

하루살이 1

비가 오는 것을 나무라지 마라
오늘 하루는 그대의 것

비가 오는 것을 탓하지 마라
오늘 하루는 농부의 것

비가 오는 것을 굳이 말리지 않는다
오늘 하루는
포장마차 아주머니의 것이기에

이렇듯 비가 내리면
주인의 눈치 살피며
몰래 숨어버린

우물가에 아낙들처럼
빨래 빨다가 철없는 소년처럼
쫓기어 달아나는 저놈
오늘 하루는
아마도 줄행랑치는
저놈의 것이 아닐는지.

산골 소년의 사랑

여수의 가을은
갓 시집온
아낙들이 퍼주는
향기로운 물맛
낯선 아저씨가 건네주는
막대 사탕

여수의 가을 속에는
맘에 꼭 맞는 신발은 없어도
피곤한 발 감싸주는
그런 사랑이 있다

가을을 맞이하는
그 가을 속에 나는 없지만은
그래도 서럽지 않게
이렇듯 불어오니

여수의 가을이 익어오면
나는 잠자리 되고

시끄러운 귀뚜라미보다는
풀벌레가 되어
향기로운 물맛에 반해
허기진 배
가득 채우다 보면
이 가을
속 비치는 그대
정녕 너무나 곱기만 하다.

금강에 살리라

금강에 살리라
이름 없이 살더라도
술 취한 노객이 다가와
강을 건너가려 청하면
나는 당신의 종이 되겠소

희소喜笑를 건네며
사는 것이 좋잖소
사람들이 바다에 취하여
한없이 울다 가겠다 하여도
나는 당신의 벗이 되겠소

정혼定婚의 바닷가
인연을 맺고
살아가는 어부들이
바다에서 넋을 놓았을지라도
나는 당신의 친구가 되겠소

금강에 살리라

유유자족하고
굳이 욕심 부리지 않아도
나는 당신을 닮아서
이렇게 늙어가고 있잖소

아버지

사랑은 알지 못하는
수많은 몸짓들
우리 아이들의
눈빛이 아른거리는 오후같이
텅 빈 공원의 빗소리를 들어
이윽고 그네를 탄다

작은 미소가 아름다워
아가씨들은
눈빛이 영그는
어린 아들같이
햇살은 따스하지 못하게
아버지를 그린다

후덕한 아주머니의 첫사랑
그윽하게 넘어지는 나무들같이
그저 비를 맞는다
조금씩 파고드는
바람들마저도

남몰래 흐느끼는
그 아버지들을 보며
마지못해 그네를 탄다

新 부자유친

다설 살짜리 꼬마 하나가 권총을 들어
내게 겨누며 빵야 빵야
이제 죽어야지 왜 안 죽어
땡글땡글 그 큰 눈을 깜빡이며
나에게 명령한다 가슴을 부여잡고 죽는 시늉을
한다
차가운 땅바닥에서 드러눕는다
슬쩍 한쪽 눈을 떠 눈치를 살핀 다음
이제 일어나도 되지

다섯 살짜리 꼬마의 눈엔
어른은 없다 다 큰 아이만 있다

언제까지나 다섯 살은 아니겠지만
동심에 사로잡혀 만화처럼
흉내내고 있다는 것을 나는 안다
쓰러지지 않으면 울어버린다는 것을 알기에
지나는 사람들의 발목에 걸린다 해도
나는 그 아이의 아버지이다

나는 저 다섯 살짜리 꼬마의 친구이다

권총을 들어
저 하늘에
딱콩딱콩 쏘아 올린 총알들은
나를 피해서 떨어진다
땡글땡글 그 맑은 눈에 사로잡힌 나는
오래전부터 이 아이의 포로가 되어 있었다

어부의 딸
-넘너리 바닷가-

발걸음이 멈춘 이곳
날 사랑하는 그가 있으니
짧은 사랑이어도 좋고
마냥 기다리기만 하는
그리움이어도 괜찮아

햇살 집어 삼킨
저 바다는
비단하늘
어여쁘게 그려 놓고
철없이 날개만 휘젓는
저 작은 새들을 불러 모았네

사공 없는 배가
한적히 바다를 거닐면
이름 모를 고기 떼들
다 떨어진 그물 속에 들어와
나지막이 살기를 바라지

남모를 발걸음들
매정한 저 연인의 곁을 떠나
바위 꽃 찾아가실 때
지치다가 골어떨어진
저 무수한 별들
애써 바라보며
어떤 소원을 빌었을까

망부석

엄마 품에 아이처럼
잠들어 있는 바닷가
파도의 성냄이 두려워
아무도 모르게
그물 내리고

망부석처럼
향일암 정상에서
보이지 않는 바다에
편지를 보내

잠든 바다에
차돌을 던지는
철없는 가시나
늙은 어미 속도 모르고

함께 바다에 나간
갈매기가 돌아오지 않아서
새까만 하늘 아래

냉수 한 사발 떠놓고
비는 어머니 마음
아버지는 알까

망향가

즐비한 간판으로
이 지상
각기 다른 이름들
새로운 것에 대한
의미 부여로
여수가 정말 좋다

따스하지 못한
그런 개울처럼
손 씻는 것이 두려워
훌쩍 뛰어넘어서는
저 햇살과 같으리라

하루만큼
밀어내었던
산중턱의 암자
그러나 운치 있는
광경은 아니었으나
누더기 걸려 있는

그 빨래줄에

참새가 흙먼지를 묻히는 것에 비하면
절간의 고요는
잠시 풍요를 삶는 아궁이일 게다

저를 익히며
무엇을 취할까마는
얻지 못할 것은 없으려니
제 소나무를 베어오다
다릴 다친 주지승

마당을 쓸다가
가을 낙엽에 미끄러진
지팡이 짚고 새로운 것의 탐닉을 끝내었으니

나는 여수가 좋다
이곳 사람들은
나를 알지는 못하므로

풍요만큼 각기 다른 이름이 섞여
나를 운치 있게 하리라

세상을 걷는 걸음걸이

절룩거리며 걸어가는 사람
자신은
그렇게 걷는지도 모르고

팔자걸음인 그녀 드센 여자라
손가락질하겠지만
차분하고 수줍음 많은
그녀

파도를 타는 듯 엉덩이가 무거워도
살금살금 걸어가는 아줌마
소탈하지만 어딘지 모르게
슬픈 사연이 묻어 있다

양반걸음인지 평민의 걸음인지
어떨 땐 우아하고
또 어떨 땐
무지 초라한 이 걸음걸이
우리 아버지의 걸음인 것을.

늦은 산책

흰 구름
두둥실 떠오르실 제
눈부신 햇살만큼
새 조롱박집
주방 참모 아주머니
뜬 구름에 남긴
그 길고 긴 세월의 여운

몇 십 리나 걸었을까
로터리 약국에 들러
피로회복제 사 들고
구봉산 오르시니
비 내린 다음이라
움푹움푹 괴어드는
저 발자국들

내게로 오시려는지
어느 할미의 지팡이
그릇된 그늘마저도

듬성듬성 햇빛이 비치는데
오랫동안 죽치고 앉아있던
그 벤치는
빵끼칠 다시 혀야것네

솜사탕 하나 들고
낼름낼름 집어삼키는
아이들의 손처럼
하얀 쭉정이 하나
뚝 떨어지니

맑디맑은 개울물
듬성듬성 고여
그릇된 산사 제비들에게
뜬구름 남긴 그 세월
붙잡아 오라고 혀야겠구면.

거울 속의 그님

그리운 님
거울 보시며 웃기를 조그만 햇살이라 하신다
아름드리 나무 다가와 그의 무릎에 앉으시면
아무도 짧은 것이라 말하지 않고

그리운 내 님 거울 보시며
화장을 고쳐 화사한 눈썹 그리네요
빨랫줄에는
참새들의 발자국 가득한데
햇살 아래 짙은 파우더만 바르고

사랑하는 내 님 혼자서 우실 적에
어머니 품속이
마냥 그리운 것처럼 거울 속에 그 모습
혹여나 지워질까
애써 고개 떨구고
조그맣게 내려온 햇살들 그 무릎 위에 앉아
깊이깊이 잠이 드네요

하얀 민들레

산골짜기 할마시
나물 찾아 나가시고
홀로 집 지키는 업동인
하나 밖에 없는
라디오 부여잡고 잠들었을
그 시간
맑은 빛깔 탐내며
할마시 속였어라

보이지 않던
주름만 가득한 게
내가 아닐진데
이 늙은이는 어디서 왔누

다소곳이 앉아
담소 나누고
구부러진 허리
지팡이 짚고 일어나
나물 찾아 가옵시네.

제3부

존재

자시와 축시 사이

조그만 쟁반 위에
먹다 만 커피와 비스킷이 놓여 있다
드라마를 켜놓은 채 잠드신 할머니
화려한 전등 불빛은
주인 없음을 알고

자정
전등이 나가
텔레비전도 꺼졌다
사람의 형체는
브라운관에 묻어난다

그림자는 아니다
방금 전 바보상자에 나왔던
그 사람들
꼼짝 안 하고
내가 잠들기를 지켜볼 뿐이다.

살풀이

홀러 사선을 향해
저 깊은 바다
늙은 사공에게로 간다
살풀이하듯
하늘에 제를 지내는
저 갈매기들처럼

오늘은 풍악이 울려라
고운 날개깃을
저 창공 위에 띄워서
흥얼흥얼
덩실덩실
어깨춤 추며
저 사공에게로 간다

나룻배는
잠시 지나온 끈을 놓고
유유히 흐르다
어느 섬에

정박하였을 때는
긴 항해가 피곤했는지
붉게 물든 산야를 보내며
그렇게 놀기를 멈추더라

노을 풀어 제친
어느 여인의 머리칼처럼
비수가 되어
저 사공에게 가면
살풀이하는 듯이
주르륵 흘러내린 땀
고운 빛깔 가득
탐스러운 그 햇살이라.

담배 한 개비

주머니 속에
담배 한 개비
마지막 하나에
생을 걸고
욕정을 태웠더니만
고작 버려질 꽁초였더냐

원 없이 살다 가려니
아직도 무엇을 태웠는지
제 목만 달아나고
거센 빗줄기
사이사이
스며들어 온기만 잃어가니
그리울 인생 어디 있으랴

제 벗님 두고
떠나가신 낭군님
어디 메쯤 있을까
이렇듯 보고파서

방 안 가득 피워놓은
향내가 있건마는
내게는 어찌 눈물도 없더냐

사물의 이치

단지 자식에 대한 부모들의
큰 기대 때문이라 해도
그들을 실망시키지 않음이
훗날 후회가 없을 것이요

딸의 사윗감을 고를 때
부모들의 기대치가 높아
혹여 반대하시더라도
부모님 눈에 눈물 맺히게는 하지 말아요
언젠가 당신 눈에 피눈물 맺힐 테니

못나고 해 준 것 없는
부모님이라 하여도
당신에게는 너무나 고마운 분이요
없어서는 안 될 사람들이시니
굳이 강한 반대 무릅쓰면서까지
그 결혼 강행하지 말라

뿌린 대로 거둔다는 그 옛말

나에게만은 합당치 않음이라 여긴다면
훗날 당신은
가진 모든 것을 잃게 되리라

요즘 신세대 부부들
부모의 의사 존중하지 않음이
가정 화목하게 가꾸지 못하는 이유요

부모에 반하는 무리가 있어
큰 행복을 알고서도
한 치 눈앞에 두고서도
자신의 것이 아니라 하여
그것을 찾아가지 못함이니라

외톨이

오랜 겨울날
양지 볕 쬐러
찾아든 그리움 한 송이

그대 숲 속에 잠긴
서러움
젖 냄새 찾아서
파고드는
이슬 한 방울

그리움의 품속으로
왜인지
가깝게만 느껴지는
그대의 살갗

눈 내리는 어느 겨울날
내 안에 찾아든
탐스러운 참새 한 마리
붙잡고도 싶지만

매달리고도 싶지만

엄마 품이 그리워 찾아든
저 젖먹이
애써 떼어 내려 하면
끝내 울음보를 터트려

내 창가에 기대
서럽게 울고 있는
애써 수줍은
저 참새 한 마리

하얀 겨울

저 산에 오르는
노을 때문에라도
반가운 손님이 와서
나를 기다릴 것만 같습니다

하얀 눈길 위를 걸으며
그렇게
그렇게
몹시 탐을 내던
저 대나무꽃
너무나 반가워 뛰어나간
그 길목에
누군가의 삶을 즈려
아마도 낯익은 그 꽃
하얀 겨울날
춥지 않게
추워지는 이날

두꺼운 외투도

가벼운 옷차림도
모두 반기지 않는 이날
홀로 피어 오르던
저 꽃

뒤엉킨 저 수풀 속
하얀 눈송이보다
아름답게
말발굽 소리 내며
촘촘히
스산한 바람에 실려와
산 위에서
잠시 해일 듯이
잠 드시는 이 저녁
노을 앞에 두어
빠져든 상념.

서울 나들이

혜화동 인형 가게
아이 엄마는 없다
그저 책가방만 덩그러니 있을 뿐

작은 바람과
기괴한 신음소리

기계음 그득한 그곳에만 가면
나는 그만 울고 만다
마치 갓난아이처럼

수많은 인형들
조잘거리는 옛 이야기
왠지 모를 소름이 돋는다

해거름이 지다
남기고 간 저 더위처럼
나는 그 인형가게를 나왔다

어디선가 들려오는 인기척
또 다른 여러 가지
인연들이 만나는 곳

저기 멀리 엄마가 있다

겨울 자목련

사랑한다는
고백을 들었을까
하얀 온실 속에서
빨갛게 물들어 버린
저 꽃들

봄에 피는 꽃이라 했더니
어느새 자신만의
매력을 뽐내며
예쁘게도 피었구나

하얀 눈이 내려와
온 세상 덮는 이 밤
아가씨 가슴에 안긴
그 여린 꽃들도
추위를 느낄까

나비가 떠나간 자리
사랑했다는 고백을 들었을까

화사하게 핀

그 꽃들에게선

더 이상 유혹하는 향기가 없었다

농촌의 정경

전라남도 보성군
벌교읍 지동리 중흥마을
들어서는 곳에
오래 묵은 당산나무 두 그루
할머니처럼
아버지처럼
나를 반겨 울던 까투리

농촌의 노오란 풍경에
아무도 모르게 잠든
얼룩 점박이 송아지
다가서는 기척 모르는지
풍요로운 낮잠 즐기는
저 게으름뱅이

경운기가 많아
쓸모 없는 송아지야
대들보 무너질 일 없단다
사람만큼 고될 일도 없으니

누운 자리 풀도 없구나
조선 정승이 울고 가던
대나무 숲 사이로
아무렇게나 세월 담아내는
저 우물물이 정답구나

소낙비

마음이 울적할 때
한 잔에 어리는
싱그러운 녹차 잎처럼
슬그머니 잠 깨운
소낙비

비에 젖어 울고 있을 때
까마귀를 보다니
오늘은 뭔가 심상찮다
집에서 부처리나 해먹자
밤비가 좋아
복슬복슬
아무도 모르게

야심한 밤에 홀로 나와
벤치에 앉는다
별루 다를 건 없는데
기분은 꿀꿀해
비가 내려와

한심한 도시를 적신다
한 치 앞도 모르게
눈물이 되어
주룩주룩
나를 껴안는다

천재일우

초야를 귀하게
벗을 삼아
뉘를 불러라
그대 이곳에 있기에
돌아누운 시랑
왜 그리 풍안한 지고

초야에 숨을 쥐라
벗은 나에게 오더니
끝내 옷을 벗었네
그리고 켜켜이 묵혀 둔
제 나이를 훌훌 털어
딱따구리 한 살
집 없이 떠도는
거렁뱅이 참새도 한 살

초야에서
초야를 불러낸다
사내들의 가죽신 마냥

황토를 밝고 일어서는
저 언저리
끝내 붉은 피를 토해내어
자결하고 말았다

아
이 일을 어찌 한다
지어미 설움인양
비는 주룩주룩 내리니
저수지의 백조들
젖은 그 날개 속에
철없는 사랑들은
금새 침수하고 말았는데

초야는 부르는지라
낙엽 부서지는 소리에
바람이 새듯
사귐으로서
애절한 그리움만 남기니

천재일우 같은
이 사랑에게선
마음에서 정드는
그 초야를 찾아볼 수 없더라

나비가 되기까지

한 마리의 나비가 되기까지는
수많은 사람들의 숨소리 있었다

한 송이의 꽃이 피기까지
새하얀 눈이 되어
주적주적 내리던
단비가 되었다

한 올 한 올 터져버린
옷고름마저도
그를 기억하던 몸짓을 바라만 보다
늙어가는 한 마리의 나비가 되었다

꽃이 피어 탐스러운
이곳 강가에 풀을 뜯던
저 얼룩소 숨소리는
머리카락 하나 있던
가을 바람에 묻히고.

무궁화 꽃이 피었습니다

냇가에 잡초처럼
무성하게 자란
쑥을 캐는 아낙들
어느새 날은 저무는데
광주리 한가득
여린 풀들이
집에 가자 속삭이는데

냇가에 놀러나간
어린 녀석들
제 고추 내놓고도
저리도 좋을까
이제는 해거름이 밀려와
꽤 쌀쌀한데
흙을 이불 삼아 덮고
저녁 하늘별 아래서
잠시나마

하나둘 돌아가는

마을과 뒷산
어스름한 동산에
자란 풀들조차도
이제는 서서히 몸을 숙이는데
탐스러이 피어 있던
그 이름 모를 꽃
잡초 깊숙이 웅크리고
내일을 기다리나

냇가에서 잡아온
고동을 삶아서
바늘귀에 꽂아 먹는
그 맛이 일품이야
울 엄마 쑥 캐실 때
발가벗은 몸으로
바위를 젖히면
흩어지는 물고기들 사이로
그 조그만 고동이
착 달라붙어 있더라구요

꿈처럼 살아온 삶

1.
조그만 장미가
푸른 들판에
활짝 피어나는 것처럼
붉은 햇살이
눈물을 머금고 떠오르는 것처럼

2.
조심스레
봉우리를 펼치는 날
개미의 부채가 되어
잠시 그렇게 떨고 있으면
하얀 성애 주륵주륵 내리고
주르륵

3.
고물을 싣고 가다 그만
다리를 다쳤나
절룩거리며

더디게 오는
저것들 담아
마른 논에 살짝 뿌리고
이윽고 불을 지핀다

4.
잘도 타는구나
살랑살랑
빨간 장미 아래 나부끼는
바람들 모아
천천히 풀어놓으면
이른 봄날
그 실개천에선
떨어진 나뭇잎들 몰려와
살포시 입맞춤하고
몰래 떠나는 환상의 계절

승천하는 신선

돌이 굴러가
둥지를 틀었나
태곳적
시조새가 날아와
이곳에 알을 낳았나

칼날처럼 예리하고
연인의 품속처럼 따스한
그 구부러진 태양 볕 아래
잠시 쉴 터이니
그댄 이곳에 없는게요

섬섬옥수 주워다가
내 피곤한 발들을
위로하신 시나위여
흥에 겨워 시위하실 제
난 이곳의 사내요
지기가 됨이요

하늘 아래 뫼일지니
이곳 이무기
여의주를 품었나이다
이른 아침
천상의 선녀들이
남 몰래 내려와
나의 발을 씻기고
베틀로 꼼꼼히 짠
그 날개옷을 내밀어 입히더니
같이 가자 하시네요

하루살이 2

시인들아
병약한 아내여
다 늙어 죽어 가는
노인네여
그대를 아는 사람이
세상에 몇이나 있느냐

가득 담아 보겠다는
광주리엔 무엇이 있길래
사람 가는 길을 막아서느냐
언제일정 복받쳐
흐르는 설움인 양
탐하였노라

남기고자 하는 말은
어디에도 없고
육신의 서러움만 남았으니
어이하면 좋을까
세상살이 사는 법을

어찌 알리려나

마냥 좋은 새들도
시들어 버린 꽃을 꺾고
수북이 쌓인 낙엽도
그 끝을 향하여 가노라
하물며 사람이
사람을 닮겠다 하는데
어찌하겠소

나비의 고향

나비 날아가는
저 숲 속에
님의 정든 고향
이제 없이
잠 들다가도
부스스 일어나는
저 꽃잎들

나비가 찾아가는
저 작은 숲 속에
한 아름 꽃을 안고 가는
산 가시나
빛바랜
할머니 머리 위에
탐스럽고
어여쁘게 얹어주려
소녀의 바구니에서
부스스 일어나는
저 가녀린 꽃잎들

나비들
꺾어진 줄기 위에 앉아
떠나버린 님 그리워
하얀 울음
그렇게나 울었나요

먼 발치 풋사랑이었나
부스스 일어서는
저 꽃잎들
옛 그리움도 잠시
어여쁘게 잠시
이제는 떨어진 꽃잎이었는가

자화상

거침없이 들려오는 숨소리에
잠에서 깨듯
때아닌 모기들이 날뛴다
미지의 태양을 두고
저 하얀 구름들은
가을 잠자리를 불러 모아
이윽고 저녁 식사를 마쳤다

부러질 듯한 나무엔
매미들만 무성하고
사람들에게서
천 원짜리 한 장 빼앗아
돌아가던 걸인의 모습에서
인정은 사라진 지 오래다

이미 모자람이 가득한 세상
이미 가득함이 없는 세상
풍족하진 않더라도
냉수 한 사발 들이켜고 나면

남모르게 흘린 눈물은
시린 마음 달래니

사랑이 없다
내 미소가 차갑다
홀로 우는 저 까마귀
돌 맞을 각오가 되어 있는지
전봇대와 나무 사이를 오가며
한 여인의 가슴을 탐한다

향일암 일출

한 올 한 올 색이 바랜
검은 머리카락들 숫자만큼
먼 동은 차츰
서서히 이곳 암자에 나부낀다

하얀 모래밭에서
가련히 맺힌 절벽 끝까지
해풍은 잠시 뜨거운 바람일세

수줍은 아이의
홍조 띤 미소 보기 위해
이 아침은 미친 듯이
숨김없이 오늘을 밝히며

긴 상처의 허물 들추어
철썩철썩 매질하니
너무도 아파 멍이라도 들면
제 하얀 손길 다가와 어루만지며
아프지 않았냐고 쓰다듬는 향일암 해풍.

배반의 시간들

봄을 위한 사색에 젖어 있을 무렵
더운 여름처럼
서늘한 초겨울처럼
그 이름 모를 아침이 오더라고

잠시도 아니었을 만남인데
낯설고 봄은 내것이 아니였던가.

철부지 아가씨들
뛰어노는 개천 너무 맑아서
물고기 한 마리
살지 않을 것 같은 그곳에서
사색에 젖어든 우리 동네 아줌마

아직 끝나지 않은 더위 흙탕물 속에
뒤엉켜 길을 잃은 아침
개천을 타고 가는
오늘 그 짧은 하늘 높이 쳐들고
고이 보내는 이 마음 어이할고.

폭풍전야

어린 날의 언약들과
짧은 약속들 위해
창가에 얼룩진 붉은 빛처럼
이 항구에는
동백꽃이 피었습니다

새하얀 달빛 아래
이는 홀로 이끼가 되고
방파제의 돌덩이 되니
이윽고 소년에게로 달려와
사납게 풍금 타는
저 귀뚜라미

저 깊은 계곡 따라가다
새하얀 물 만나면
가을 밤이 버리고 간
그 이끼만으로라도
나의 온몸 덮어주소서

기나길 날의 욕심 때문에
저 산을 내려가지 않도록
이곳에 조용히 어둠으로 놓아주소서

소나기

홀로 이렇듯 울다
남몰래 잠든 아이처럼
쌔근쌔근 단잠 빠진 억새풀
엄마의 체취 멀리멀리 느껴지면
어느 틈에 일어난
그 바람결에
시리게 연민
어느 노인의 장단

까맣게 바람 일어나
하얀 커피잔을 적시면
원두막 밑에
꼬마들
홍합을 잡아다
군불을 지피지

허수아비
제 노랫소리
구슬프다

찾아드는 참새들
애써 쫓아내는 농부들에게
귀하디 귀하게
누군가의 설움 전해지면
짚단에 파고든 가을
남몰래 흐르는 눈물같이
억새풀의
긴 단잠을 깨우시네

어느 위선자의 행복

새하얀 머리칼 적시는
이 비만큼
조용히 살다가게 하소서

창호지 위에 그려진
저 구름 아래선
햇살도 숨을 죽이는데
살랑 살랑이는
그 바람곁에는
자꾸만 흔들리는 갈대가 있을 뿐

새까만 나를 적시는
그 낙엽들처럼
못 살더라도
혼자 걸어가는 이 길
조용히 지워가게 하소서

제멋대로 흩날리는 낙엽이라며
치워버린다 하여도

제 갈 곳 알고 있나니

무단으로 뛰어가는 도로 위에
홀로 저 있나니
남겨진 그만큼만
상처되게 하소서
고운 눈물로서 호소할지언정
결코 버림받지 않으리니

무겁게 내리는
이 비에 흠뻑 젖는다면
우리 행복하게 하소서
차가운 바람에 살갗이 찢긴다면
길에서 줍는 그 낙엽만큼
기쁨의 눈물 되게 하소서.

바람을 선물하리라

늘 그리운 마음으로 살아가기를
기다리며 울고 있을
저 아가들처럼
언젠가 이유 없는
서러움에 복받치면
노인들에게 그네 되어 주련다

늘 사랑하는 마음으로 살아야지
홍시 위에 저 눈부신 머릿결처럼
립스틱 짙게 바른
저 아가씨들처럼
오늘 위해서
노래하던 그 마음만큼
나는 별이 되리라

그리움 건네는 사랑이 되리라
품에 안긴 아가가 되리라
놀이터의 붉은 노을처럼
오늘 하루

긴긴 밭 내음이 되어
길 잃은 노인들에게
향긋한 바람을 선물하리라.

영취산 진달래 1

서툴지만은 않은데
좀처럼 그 여린 속을 알 수 없어
낮술 한 잔에
오롯이 피어난 봄꽃들
인연이 있었나

언젠가 무참히 쓰러진
그 날의 숨소리마저도
오늘을 사랑하는데
이 따스한 한때
여미듯 스치던 향기

영취산 진달래 2

오고 가던 길 위에
젊은 연인들의
그 사랑 탐스러운 듯
연분 홍 새색시 그립고

내게도 그 사랑 올까
조그맣게 피어난 그 꽃들처럼
아름다운 인연 만나
휘영청 저 꽃길을 가리라는
그 마음과는 달리
얄궂은 저 바람들만이
작은 내 눈을 적시고
이내 떠나가네.

제4부

믿음

사랑은 오랜 비처럼

주님의 사랑은
비가 되어
온 지면 적시고

주님은 아낌으로
새하얗고 뽀얗게
이 세상 치장하니

온 땅과
넓은 저 하늘
주님께서 흩날리는
은혜 가운데 거하며
외사랑 기억하네

사랑은
오랜 비처럼
수많은 옷깃 여미지만
한기에 젖어든
저 입술
여전히 춥다고만 하네요

저의 장막 거두어 주소서

예수께로 나아갑니다
주의 사랑 속에
꽃을 피우는
하얀 여름날의
그 사랑같이
저는 오늘을 위하여
찬양과 경배를 드리옵나이나

주님을 찬양합니다
살아 숨쉬는
이들의 생명
고이 바치나이다

계절을 버린 나비들처럼
자유로이
날아갈 수 있다는 것은
훗날이라는
그러한 믿음들이
너무나 값진 것임을

알기 때문입니다

저는 주님의 사람입니다
쓰임이 고운 이름이 되겠나이다
사랑으로서
아름다운
주님의 홍포가 되겠나이다

주님
애타게 불러보아도
전혀 형체를 알 수 없는 주님
이제 믿겠나이다
주를 만나지 못해도
그 말씀을 기억하겠나이다
변치 않는 그 믿음으로
오는 봄에는
너무나 아름다운 꽃이 될 수 있도록
간절히 바라볼까 합니다

주님을 닮기엔

주님의 인자하심 내 속에 있다면
나의 삶은 주님을 닮아가고
나의 인생은 주님을 기억해
못난 나는 주님의 얼굴이 되지요

히지만 주님을 닮기에는
삶에 부끄러움 많고
주님을 기억하기에는
내 생에 아픔이 많으며
주님의 얼굴이 되기에는
속마음을 차지한
그 사랑 너무나 작아요

주님의 선하심 내 속에 있다면
나의 삶은 주님께 의탁하고
나의 인생은 주님 앞에 절실해
못난 나는 주님의 인자하심 배워서
오늘을 즐겁게 살겠지만
나를 감찰하려고

선하신 주님께서 오시었으나
미천한 이 어린 양 알지 못하였나이다

비좁은 내 마음 속에
주님께서 살고 계시지만
나약한 믿음뿐인
어리석은 이 인간의 눈엔
오직 세상만을 보내며 살기를 원하죠

이런 나라도
용서해 주시겠죠
나약하게 세상 속에 갇혀 사는
우리들 이름 부르시며
꼭 잡은 손 놓지 말라 당부하시고
사랑 베푸시는 여호와 하나님
그 후덕하신 정만이라도 배울 수만 있다면
나의 인생 짐이 이리 무겁지는 않을 텐데.

주의 이름으로 1

영혼이 잠든 집에 거처하며
유별나지 않은 영혼 깨우리로다
작은 믿음들이 거처하던 그곳에
만군의 주 함께 서 계시니
더 무얼 바라리오

이제 어떤 사랑 더 하리오
아직도 부족하고
너무 부족하니
저들 삶 그늘이 되겠노라
시원히 부는 봄바람
홀로 머금은 나무가 되겠노라고

주의 이름으로
오직 그리스도 안에서
늙은 영혼의 상처
이 험한 세상 살아오신
그분들의 짧은 믿음 치유하는
새하얀 물이 되리라

밤 깊은 곳
그곳에 찬란한 저 빛
爽明한 빛 가운데 거하리라

영혼을 가꾸는 자 되리라
그 영혼을 치장하는 자가 되리라
삶이 아름다울 지라도
만군의 주
늘 나와 함께 계시니
이 이상 무얼 더 바라리오

늘 기억하게 하소서

부족한 나의 사랑
감읍感泣하여
축복 내려주시고
송사頌辭하여
저를 붙드소서

나약한 이 어린 양
내가 알지 못하는
저 손에 이끌리어
혹여 돌아설 때
나의 주인이신 주님께서
언제나 함께 계심을
인지認知하게 하소서

사랑을 베푸시는
거룩하신 주님
나의 눈을 녹이시고
입술을 기름지게 하며
이 손을 부드럽게 하소서

긍휼을 보는 눈과
선을 말하는 입술과
모든 행위를 아름답게 하는
이 손을 드리오니
오직 주님의 행사하심
닮아가게 하소서

나를 사랑하시는 주님
이 거친 손을 붙들어
깊은 물 속에 빠진
나를 기어이 건지셨으니
오래도록 충만함 가운데
주님의 고마운 은사
늘 기억하게 하소서

주의 이름으로 2

은혜로운 이곳에
내가 왔으니
이 집의 복록이 더하리로다
주의 소망하심
다 이루어지니
더는 화가 없으리로다

삶이 평화로운 이곳에
주께서 계시니
찾아오는 발걸음 가볍고
들리는 말소리 신명나고
흥겨이 젖어오는
저 수많은 복록
더 이상 막지 마오

주의 인자하심이 쉬는 이곳
손님들은 평화롭고
반기는 입술은 아름다워라
메마른 자

문 앞에 서 있거든
냉수 한 사발 권하는
따스한 인정이 돼라

광명의 주 앞세운
내가 왔으니
이 집에 복록이 더해지리라
크신 은혜 잊지 말고
맘껏 베풀라
받는 이의 손이 아름다울지라
퍼주는 마음 고귀하고
감싸는 마음 정결하다 할지니

70대 인생을 재미있고 신나게 사는 이야기

김현·조동현 지음 | 268쪽 | 값 13,500원

저자 부부는 70대란 나이는 숫자에 불과하며 자신이 좋아하면서도 타인에게 도움을 줄 수 있는 일에 매진하면 얼마든지 노후를 신나고 재미있게 보낼 수 있다고 전한다. 초고령화사회를 눈앞에 둔 대한민국 사회에 가장 필요한 이야기에 귀 기울여 보자.

길에서 길을 묻다

문무일 지음 | 296쪽 | 값 18,000원

『길에서 길을 묻다』는 당대 최고의 문인, 김남조 시인과 김승옥 소설가가 추천하는 명상에세이다. 오직 앞만 보며 달려가는 삶 속에서 자기 자신의 존재 가치마저 잊어버린 이들에게 '과연 생의 진정한 의미는 무엇이며 어떠한 삶을 살아야 하는가'에 대한 해답을 오롯이 전하고 있다.

꿈의 크기만큼 자란다

조영탁 지음 | 280쪽 | 값 15,000원

'꿈'이라는 목표가 있기에 삶은 가치가 있고 사람은 미래를 향해 전진한다. 가장 중요한 점은 꿈의 크기에 한계를 두지 않았을 때 사람은 성장한다는 사실이다. 지금보다 더 '큰 사람'이 되고 싶다면, 성공을 위한 비전을 정확히 내다보고 싶다면 『꿈의 크기만큼 자란다』와 그 첫발을 시작해 보자.